句集

かはひらこ

鹿野佳子

コールサック社

鹿野佳子句集　かはひらこ　目次

句集　かはひらこ

Ⅰ　雪ぼたる

四六句

絵踏なき世をうかうかと老いにけり

照るも翳るもはくれんは空の花

吟行四名うぐひすを啼かせたる

花を待つこころにくぐり大鳥居

玉葱の不服さうなる芽を出して

人思ふとき竹落葉降りやまず

笹粽子を遊ばせて遊ばされ

夕顔や居酒屋開く間のありて

冷し酒聞えぬふりをしてゐたる

洗飯野暮用ひとつ片づけて

臭木の花大雨のあと照り強く
夕野分駅の立ち蕎麦混み合うて

木通熟る叩けば空の墜ちさうな

待ち合はす大使館前櫨紅葉

残菊や葬のあとの晴れ続き

蛤となるらむ雀の鳴くことよ

梟の棲むとふ一樹ただ暗し

物語せむ梟に聞かれぬやう

父の手のあたたかかりしインバネス

白梅や眉間ひろごる思ひあり

魚氷に上り少年の手にナイフ

鞄重たく藤棚をくぐりけり

抽出しは森の匂ひよ更衣

一花あげ泰山木はをとこの樹

青榠樝少年の香を放ちたる

舟待ちの人溜りだす小判草

気やすめの服薬苦し太宰の忌

ハンカチを畳みて四角また四角

降り出して金魚の水の生臭き

接待の薬罐かなりの時代もの

無患子の落ちて水音はじけたる

鷹の爪畔に赤子と弁当と

露寒の言葉ゆつくり返しけり

枇杷の花いつか実になるとも見えず

瞬きのたび雪ぼたる雪ぼたる

柊の花の香ほどの小声なる

目瞑れば世のあかあかと日向ぼこ

大いなる藁屋の障子大いなる

小春日や飴の匂ひの子の欠伸

綿虫の遊びに入れてもらひけり

潮の香や棒挿してある焚火あと

少年の撓ふ足腰里神楽

末枯を来し身に海の暗さあり

一刻の日に一月の松匂ふ

ポケットの拳が熱し雪もよひ

蠟梅をこはさぬやうに見てをりぬ

Ⅱ　かはひらこ

六一句

舟板塀の中より梅の香りして

梅林の匂ひの壺に入りにけり

とほくまで散る老梅の散華かな

春の服風に疲れて戻りけり

かはひらこ子のたましひの帰り来よ

春ショール畳み憂ひをたたみけり

墓に会ひ墓に別るる山桜

夏立つや起きぬけの身にとほす水

引きしぼる影にもちから大矢数

三伏や熱き番茶を振る舞はれ

蓮咲いて午後の重たき水面かな

閻魔詣牛若丸のやうな子と

御僧のこゑ秋風にまぎれざる

紅萩の地を擦つて雨あがりけり

をんな先生野外授業の糸瓜引く

畳屋のちらしいちまい冬隣

これは桜これが欅と踏む落葉

山茶花の夜目にも白し姉の忌来

髭袋知恵袋とも申すべく

丈高き男に蹤（つ）きぬ榛の花

木曾谷のをのこと生まれ修羅落す

げんげんを幼き吾と摘みにけり

種袋あまりにかろし振つてみる

はこべらや五個荘（ごかしょう）町立幼稚園

鳥曇木地師は木の香まとひをり

口笛の通り過ぎたる蝌蚪の水

鶯や閼伽桶どれも乾きゐる

畦のてふたちまち恋のてふてふに

子規宛の漱石書簡あたたかし

日永しことの仔細を問はれゐて

釈奠（せきてん）や柱に刻む仁と礼

笛吹いて一遍の花散らしたる

薔薇園の薔薇の香りを忘じけり

なめくぢの動かぬごとく動きゐる

いつよりか子に従へるあやめ草

朝茶の湯立ちて少女の丈高き

わが生まれし熊本黒髪町出水

麦藁帽かむれば考(ちち)が手をひきぬ

長谷川槙子さん

涼しさやこれが犬槙これが槙

灯も人もこぼれむばかり涼み舟

鶏頭と人のごとくに向きあへる

日蓮上人説法の辻草の花

酒一壺上り框に月の客

新米の袋を嬰のごとく抱く

秋草を活け秋草のやうにゐる

夜蛤こゑよき男呼ばれたる

風を来し髪落ちつかず緋連雀

草泊り一番星が目の高さ

十月桜見てきし人の生き生きと

晩秋や二人暮しに椅子四つ

月などへ行きたくはなし今年酒

覚猷(かくゆう)忌鳥獣戯画の端にわれ

茶の花や代るがはるに顔寄せて
はつふゆと言ふ口元のやさしさよ

梟やふはりふはりと子の寝息

歯をみがく肘とがりゐる今朝の冬

綱引の綱ざらざらと負けにけり

揚舟の落葉の函となりゐたり

鯨見を昔語りに老姉妹

梛の葉に触るる手袋ぬぎにけり

小糠雨葱一本を買ひに出で

Ⅲ　白玉

五四句

わが影のゆらぎて水の温みけり

山裏に日のまはりたる雑木の芽

ぐい吞みのわづかなくぼみ光悦忌

花冷や線香の火を移しあひ

葬終へし人ら饒舌夕桜

花過ぎの寿福寺踏切渡りけり

遠足や引率の笛吹き通し

登校の小走り五月来りけり

藍の香をまとふ起居や星祭

薔薇の束抱きて薔薇に従ひぬ

橋の上を違ふ馬行く冷し馬

夏負けの手足ゆらりと跨線橋

折鶴の綺麗に折れて夜の秋

朝顔や王様クレヨン十二色

盆をどり影を大きく踊りけり

桔梗や一輪挿の口翳り

水たまりの空の青さよ小鳥来る

鶏鍋の茸ばかりにすすむ箸

雨を来しコートを膝の看取りかな

冬に入る影をさだかに樫檜

子を失ひ

冬の空あをし幾度仰いでも

冬凪や人は睡りを与へられ

寒星つぶら魂宿るかに
ちやんちやんこ着て難しき事を言ふ

哀しみの一指一指や手袋穿く

線香のかたちの灰をくづし春

春の雪わが抱くもの失ひき
雪柳先に泣かれてしまひけり

遺されし杖の軽さよ草青む

駅弁の箸の短し花菜漬

端午来る窓の大きな家に住み

立つて飲む牧のミルクや朴若葉

油桐咲くや海山せめぎ合ひ

一つ見え次第に見えて梅青し

桑の実と鳥になりたき少年と

長崎県立五島高校　樟若葉

谿川の瀬音の高し額の花

白玉やひとりに慣れてしまひたる

遺されし白きハンカチ白く干し

いつせいに遺ふ団扇や立見席

螢火や情（なさけ）深きを父に享け

秋日傘畳み一日を畳みけり

独りきてひとりで帰る墓参かな

暮れ際の紫苑の影へ歩みよる

文庫本の栞ほどなる秋思かな

秋天の深きを支へ吉野杉

流れざる運河を渡り年忘れ

四辺の枯深し詩仙の間に坐して

冬菊や考ふる眼をつむりをり

枯深し一鳥の影ひらめける

山並に雲一つなき寒さかな

待春の日ざし溢るる無縁墓地

那須黒羽郵便局の軒氷柱

節分や芭蕉館の大薬罐

Ⅳ 洗硯

六九句

春浅し車窓に海の余りたる

母逝きて姉逝きて雛納めけり

やはらかく転ぶ幼子フリージア

淡雪やひと日遅れの旅疲れ

亡き人の一つ取りしか桜餅

文庫本ひらく車中も花明り

春深し亡き子の背広夫が着て

黄金週間明けたる雨の樹々香る

更衣鏡のわれに会ひしのみ

葭切や弟をまた泣かせたる

汗引いてより考への変りたる

降りて来る雲摑めさうさくらんぼ

長電話時々金魚ひるがへり

牛蛙少し遠出をしてゐたる

くるぶしに溜る疲れや夏蓬

屋上に土運びゐる半夏生

手囲ひの螢と息を合はせたる

盆過ぎのくろき運河を渡るなり

父のこゑ聞こゆる硯洗ひけり

十六夜の歩道橋より呼ばれたる

夜寒さの舌に残りし粉薬

かりがねやつま立ちに傘さしくるる

宇治川の瀬音に秋のきてゐたる
御僧の片手づかみの柿一つ

つくづくと遺されしこと野紺菊

亡き人へ松茸飯の焚きあがる

いち日を惜しむ林檎を剝いてをり

玄関にいちまいの羽織る冬の暮

直立の吾子は木の役聖夜劇

休講の階段教室冬うらら

木の上の庭師に呼ばれ日短

破魔弓の鈴につきゆく段葛（だんかずら）

電車待つ踏切越しの御慶かな

はめて待つ稽古始めの琴の爪

霜の花亡き子の跫音（あのと）待つとなく
向ヶ丘遊園駅の春帽子

日陰みち日向みちありつくしんぼ

春の鴨羽搏ちて暗し池くらし

再会の春の大きなマスクかな

野遊びや米粒ひかる握り飯

同じ道戻る谷中のさくらかな

土手下の日差ひとときは花ゑんど

遅れくる夫へ桜の吹雪きけり

旅先の書店に長居みどりの日

涼しさやエヘンで終る龍馬の文

母校

水撒いて熊本黒髪小学校

何も買はぬ父につきゆく夜店かな

海驢（あしか）ショー見にゆく母の白日傘

背のびして金魚に話しかけてをり

引越や金魚のバケツ父が提げ

あやめぐさ大きな傘をひらきけり

枇杷の種吐いて明るき瀬戸の海

母の行李開かず捨てず梅雨深し

すててこの父の拳骨痛くなし

鯉の跳ぶ池満々と夏座敷

薬局に待たされてゐる団扇かな

鬼灯を鳴らせぬままに老いにけり

桃売や蓆（むしろ）いちまい広げたる

朝顔や子の絵日記のやうに咲き

浅草に下駄屋を探す秋の暮

こぼれ萩けふのことのみ考へて

レモン一滴言訳は口にせず

秋日濃しわづかな旅荷持ちかへて

行く秋の御仏に指われに指

夕風に吹かれていよよ秋の草

茶の花の蕊あふれてゐてこぼれざる

子に手紙老梟の智恵かりて

歌かるた勝ちたる膝を崩しけり

金婚のとうに過ぎたる薺粥

V 狐火

山焼の男の戻る勝手口

印象派展はじまる水の温みけり

春泥を渡りても春泥の前

亡き姉の手をそへてくる雛飾り

初めての子を見せにくる花明り

落日のあとの明るき虚子忌かな

他所ゆきといふにあらねど春の服

春服干す昨日のわれを干すごとく

よどみなき庭師の応へ松の花

気休めの薬の苦し春の風邪

鶏の出払つてをりあたたかし

蟻地獄かくも小さき死にどころ

ただいまと金魚に声をかけて母

夏至の日暮は水底にゐるごとし

浅草寺二天門より捕虫網

ふくべ棚くぐるに人を待たせたる

うねりくる波裏昏き葉月波

小鳥来る土の匂ひの手を洗ひ

いつよりか歩幅小さく草紅葉

谷川岳より便り一片秋澄める

わが機嫌なだむるも吾火恋し

霜降や漢方薬を処方され

無花果を割るとき雨の匂ひけり

酔芙蓉枯るるにかろき音立てて

浜小屋の戸口へ日差し返り花

小春日の床屋に出会ふ父子かな

中座して狐火に会ふ寺泊り

狐火を見し人のすぐ寝入りたる

煤逃もなさざる夫となりにけり

裸木に並びて裸木の心地

繭玉や角の角打にぎはへる

いせ辰に千代紙あまた春を待つ

夕東風や老婆と鶏が店を守り

教はりしやうに教へてうららけし

寝かされて病人となる朧かな

朧夜や同じ薬を夫と飲み

薄墨の香籠りに春深まりぬ

朧月二階の夫に呼ばれたる

花冷の楽屋口より入りけり

ひとまづは退院の歩や霞草

藤棚をこぼるる雨となりにけり

丹波口うかと過ぎたる弥生かな

忘れ潮何かがゐさう何もゐず

菜の花に立ち上がる子と沈む子と

豆腐屋の広きてのひら夕薄暑

雨の樹に雨の鳥鳴く卯月かな

旧吉田茂邸

朝涼や鳴りだしさうな黒電話

水くぐるごとく木暮に入りにけり

白南風や校庭に網干されゐる

駅長の山仰ぎゐる大暑かな

涼しさや父の書斎に父のころ

母も祖母も亡しわが音の瓜刻む

朝涼や寝返りを嬰覚えたる

身を投ぐる度胸のあらず冷し酒

本流へ舟ゆらぎ入るほたる草

うつかりと秋の螢となられしか

さはやかやや足で喜ぶ赤ん坊

大阿蘇をはるかにしたる威銃

手を振つて花野のいろに紛れざる

糸薄出そろうて音なかりけり

秋の声アンモナイトの化石より

元町のはづれのレモン買ひにけり

黄落の始まる靴を新しく

火恋し旅のベッドに荷を広げ

蜜柑山黄の一色となりきれず

町内の肉屋魚屋鴨打へ

耳遠き夫となりたる蕪汁

末席の風呂吹吹いてばかりゐる

すき焼の材料さげて夜の客

髪切りしのみの疲れや冬の蝶

晩年の金子兜太のちゃんちゃんこ

冬怒濤無人改札口出でて

極月の青空つかみどころなし

読初の木曾殿討たれ給ひたる

二センチの厚さの未来初日記

初旅や胸の中まで日の差して

水仙の直立の香を放ちたる

鉛筆にむかしの匂ふ霜夜かな

霊園前水仙の荷のどかと着く

大いなる星を真上に橇の宿

水仙の倒れても倒れても水仙

校庭に小舟伏せあり川涸るる

狼のごとき犬連れ少女冬

われを励ます幾重にもショール巻き

Ⅵ 初音

五七句

百歳の耳の喜ぶ初音かな

魚は氷にをの子に父の肩車

春の闇いちまい剝がし更に闇

四月来る制服の香の朝のバス

乗り換への桜井駅の春日傘

次の間に琴の弟子まつ暮春かな

橋一つ渡れば他郷春の暮

帽深うしたる杏の花盛り

白々と牡丹重くなる日暮

一帆に風の集まる夏料理

初夏や桟橋に置く旅鞄

姫女苑結核病棟敷地跡

向き変へる金魚の水のやはらかく

祭髪ほつれて戻る二十歳かな

掻きまはす鍋の底より梅雨に入る

万緑の底に坐しをり膝に笛

緑蔭の暗さの慣れて巴里の地図

青梅雨の拭ひきれざる鏡かな

裏がへる手の玉虫や沖縄忌

潮風の通ふ改札立葵

枇杷の実の灯るがごとく夕間暮

ハンモック木蔭は土の匂ひして

砂利山の砂利のこぼるる暑さかな

でこぼこの土間の明るき羽抜鶏

白南風や抜錨の潮したたりて

鏡中に客と床屋と金魚鉢

新涼や色の溢るる玩具箱

下駄の緒の冷ややかに草まみれなる

虫の音に包まれ富むに似たりけり

離るるほど山の大きくなりて秋

鉢巻の校長小さし運動会

冷やかに大阿蘇坐る朝かな

露寒や面会時間十五分

夫預くいくつも寒き判押して

家ぬちに夫ゐぬ不思議帰り花

風呂吹や帰りを待てる椅子一つ

かすかなる音を重ねて散紅葉

子の墓前掃いて冬日を分けあへり

冬のオリオン心音のとどきさう

冬の日も跫音も淡く別れきぬ

日曜の朝のショパンや冬林檎

教会のオルガンの洩る千鳥かな

靴音のやはらかに来る冬桜

医師に眼を覗かれてゐる寒さかな

鳰と鴨それぞれの水重ならず

ラグビーの薬罐活躍してゐたる

昨日のこと思ひだせずよ着ぶくれて

冬の金魚はなびらのごと翻り

数へ日や日の当る席ゆづらるる

若葉の夜ひらく日記のただ真白

寒卵いのちといふはこはれもの

水仙の香る仏間に長居せり

山肌に日差ひととき茂吉の忌

山伏の一行花見帰りかな

残りものけつこううまし亀鳴ける

侘助の重なり咲ける日暮かな

折紙の風船のわが息の形

かはひらこ　畢

跋　十七年の歳月を越えて

　鹿野佳子さんが「椎」の前身の「琉」に参加した日をはっきりと覚えている。横浜中華街近くの自治会館を借りて、十人に満たない句会を開いていた頃、西暦で言えば二〇〇六年、まだ寒さの残る春だった。句会が開かれる一週間程前に鹿野さんより「琉」参加希望の電話が直截入った。当日の投句を拝見するとややおとなしいものの、句会の成績も一、二を競う方であった。岡本眸さんの主宰誌「朝」の許で俳句の基礎を学び、新たな気持で勉強する場を求めて出会ったのが「琉」であり、そこに辿り着くまでには色々と考えを巡らせたことと思う。しかし、経緯についてはお互い一切触れず、私は我々を選んで下さったことに感謝した。

鹿野さんは言葉を選んでゆっくりと話され、筋が乱れず、話上手な方だ。入会当時、殊に印象に残ったのは筑前・秋月の祖母の秋月の乱の体験談であった。乱は明治九年の熊本・神風連の乱に呼応し、西郷隆盛の西南の役の四ヶ月前に起きたのだが、明治初めの社会を騒がせた佐賀士族の乱を実際に眼前で行われているように語って下さった。

明治九年の十一月のある夜、政府に不満の反徒が鬨の声を上げた。戸長を命じられていた祖父母一家は藪の中に隠れ、夜が明けてから町を逃れた。町外れの辻まで来ると屈強な男が数人、焚火を囲んで見張るように立っていた。「もし敵ならば逃げても無駄、静かに通りましょう」と曾祖母が率先して歩み出た。後に「いち早く我に返って、どうにでもなれと居直った者が勇気ある処置を取ることが出来るのです」と子らに諭したと言う。五歳だった祖母の脳裏に強く焼き付いたこの体験が佳子さんに伝わり、何事に対しても落ち着いて対処をしつつ、一本筋を通す性格に影響を与えているのではなかろうか。貧しさはともかく、心の豊かさを拠り処に生き抜いた明治士族の精神を伝える逸話であり、何時かは祖母から聞いた秋月の地を訪ねたいと切望するようになった。

その話に興味を示した「琉」の会員を中心に「博多・秋月吟行会」がトントン拍子に決まり、初めての「琉」の宿泊吟行会が二〇〇九年春に実現することになった。と言っても、「琉」初めての宿泊吟行会が成功裡に終わるかは心もとなかった。当時、長崎以外の九州の隠れキリシタンの存在に興味を持っていた私は関連する幾つかの地に寄りながら独りでレンタカーを運転し、下見に出かけた。柳川、九州国立博物館、大宰府跡、石橋美術館、菊池の三連水車、博多の屋台など訪れたところ、見るもの全てが興味深かった。

秋月のことは鹿野さんから直接お聞きになるか、「琉」十九号（二〇〇九年六月号）を開いて戴くとして、秋月吟行から十五年以上経ち、その間、かけがえのないご子息ご夫君を佳子さんは失われた。その変化を心深く受け止め、生み出す作品は益々静かに、心澄むようになった。たとえば、次のような作品に籠められている詩心である。

げんげんを幼き吾と摘みにけり　「かはひらこ」
秋草を活け秋草のやうにゐる

花過ぎの寿福寺踏切渡りけり　「白玉」
流れざる運河を渡り年忘れ

亡き姉の手をそへてくる雛飾り　「狐火」
わが機嫌なだむるも吾火恋し
花冷の楽屋口より入りけり
二センチの厚さの未来初日記

百歳の耳の喜ぶ初音かな　「初音」
医師に眼を覗かれてゐる寒さかな
寒卵いのちといふはこはれもの
折紙の風船のわが息の形

最後に、次のような心の底から思いを吐いた作品が加わるようになったのも注目すべきであろう。

かはひらこ子のたましひの帰り来よ
春の雪わが抱くものの失ひき

涼風の許、心の深き人の佳き句を讃えつつ

橋本　榮治

あとがき

句集名の「かはひらこ」は蝶の古い呼び名です。

かはひらこ子のたましひの帰り来よ

からとりました。四十八歳だった長男を癌で亡くした折の一句です。

心の折れそうな私に「下を向いて歩かない」と具体的な助言を下さったのが、橋本榮治先生でした。このたび榮治さん（尊敬と親しみをこめて以後こう呼ばせて頂きます）には、お心のこもった跋文を頂きました。

初めて榮治さんとお会いした中華街の一室を、私もはっきりと覚えております。私が少し心細く、ぽつんと待っていますと、長身のまだ青年のような方が来られて「橋本です」とおっしゃいました。誠実さと爽やかさに溢れた印象で、ずっとこの方について行こうと躊躇いなく決めました。

それから十七年の歳月が流れました。絵巻物のように、何処を切りとっても懐かしいことばかりです。第一回の秋月吟行会は、私の祖母に関わる地でした。私の強い希望を受けて頂き、大喜びで出かけました。じつはその折も桊治さんは、お独りで下見をして下さっていたのです。万事がそんな具合ですから、この度の句集に関しても、選句・編集・跋文の労を取って下さったのに加え、たくさんのご助言を頂きました。心より感謝申し上げます。

最後になりましたが、編集担当の鈴木光影さまのこまやかなお心くばりに、またカバー装画を描いて下さった藤原佳恵さまに、御礼を申し上げます。そして、桊治先生の、きびしく、あたたかいご指導を共にうけております句友のみなさま、有難うございました。

二〇二三年仲秋

鹿野　佳子

著者略歴

鹿野佳子（しかの　よしこ）

昭和9年　熊本県生まれ
昭和55年「朝」参加
昭和58年「朝」同人
昭和59年　第二回「朝賞」受賞
昭和61年　俳人協会会員
昭和62年　第一句集『花束』刊行
平成18年3月「琉」入会
平成20年1月　第二句集『初冬』刊行
平成25年「栶」創刊同人
平成29年　第一回「琉賞」受賞

［現住所］
〒222-0037　神奈川県横浜市港北区大倉山3-36-23

句集　かはひらこ

2023年11月28日初版発行
著　者　鹿野佳子
編　集　橋本榮治・鈴木光影
発行者　鈴木比佐雄
発行所　株式会社 コールサック社
〒173-0004　東京都板橋区板橋 2-63-4-209
電話 03-5944-3258　FAX 03-5944-3238
suzuki@coal-sack.com　http://www.coal-sack.com
郵便振替　00180-4-741802
印刷管理　（株）コールサック社　制作部

装幀　松本菜央　　カバー装画　藤原佳恵

落丁本・乱丁本はお取り替えいたします。
ISBN978-4-86435-594-0　C0092　￥2000E